GUÍA DE LECTURA

Escrita por Natalia Torres Behar

El gran Gatsby

de F. Scott Fitzgerald

Resumen Express.com
GUÍA DE LECTURA
Cincuenta sombras de Grey
por E.L. James

FRANCIS SCOTT KEY FITZGERALD

ASCENSO, CAÍDA Y LITERATURA

- **Nacido en 1896 en Saint Paul (Estados Unidos)**
- **Fallecido en 1940 en Hollywood, California (Estados Unidos)**
- **Algunas de sus obras:**
  - *A este lado del paraíso* (1920), novela
  - *Hermosos y malditos* (1922), novela
  - *El gran Gatsby* (1925), novela
  - *Suave es la noche* (1934), novela

Narrador estadounidense, considerado el máximo intérprete literario de la llamada «Era del jazz» de la década de 1920 en su país. Creció en una familia católica irlandesa. Estudió en la Universidad de Princenton, aunque nunca se graduó, y luego se enlistó en el ejército para participar en la Primera Guerra Mundial.

Con su novela inicial, *A este lado del paraíso* (1920) obtuvo gran popularidad, lo que le permitió ir publicando sus cuentos en revistas de prestigio como The Saturday Evening Post, y convertirse en una de las figuras más representativas del «sueño americano» de la década de 1920. Se trasladó a Francia junto con su mujer, Zelda Sayre, personaje fundamental para Fitzgerarld, y que retrataría de una u otra manera en sus obras. En Francia acabó de escribir la que se considera su obra maestra: *El gran Gastby* (1925), la historia del éxito y posterior decadencia de un traficante de alcohol durante la ley seca, que se fabrica una identidad aristocrática y a partir de allí vive como un fantasma en una mansión, consagrando todas sus fuerzas y dinero a conquistar a Daisy.

Escribió aún otras dos grandes novelas, *Suave es la noche* (1934), que él consideraba la culminación de su obra, y la póstuma e inconclusa *El último magnate* (1941), donde cuenta los aspectos más miserables de Hollywood, que conocía muy bien, ya que en los años de ruina antes de su muerte trabajó como guionista anónimo para la industria del cine.

EL GRAN GATSBY

EL DESENCANTO DEL SUEÑO AMERICANO

- **Género:** novela
- **Edición de referencia:** Fitzgerald, F. Scott. 2011. *El gran Gatsby*. Traducido por Justo Navarro. Barcelona: Anagrama
- **Primera edicion:** 1925
- **Temas principales:** papel del pasado en los sueños del futuro, papel de los símbolos en la construcción de significados, decadencia del sueño americano en los años 1920, nostalgia como motor de la acción humana, poder y dinero, amor, avaricia, racismo

Fitzgerald fue uno de lo más famosos cronistas de los años veinte en Estados Unidos y *El gran Gatsby* es uno de los documentos literarios más importantes de lo que se denominó «La Era del Jazz», periodo en el que (al menos hasta unos años antes de la gran depresión) Estados Unidos vivió un auge de prosperidad y estabilidad sin precedentes. La prohibición del consumo y venta de alcohol y la posguerra hicieron que los contrabandistas se hicieran ricos en las sombras y al mismo tiempo generó una subcultura de fiesta, poker y ocio. Este es el contexto en el que se mueve Gatsby a lo largo de la obra y Fitzgerald hace que sus personajes tengan que lidiar con sus deseos por la vida salvaje y la decadencia de los excesos que culminan en un gran vacío materializado en objetos que al mismo tiempo otorgan una falsa ilusión de bienestar y clase. Este es el rostro del sueño americano en *El gran Gatsby*.

RESUMEN

ASCENSO Y CAIDA DE JAY GATSBY

Ascenso

Las ideas y conceptos principales (ver temas y claves de lectura) se desprenden de la manera como se transforma Jay Gatsby a lo largo de la obra. A su vez, todo lo que podemos saber acerca de la vida y personalidad de Gatsby está atravezado por el lente de Nick Carraway, el narrador. Tener esto en cuenta es muy importante en la medida en que el lector podrá dudar en algun momento sobre la veracidad de los acontecimientos, no por los hechos, sino por las opiniones particulares que tiene el narrador sobre Gatsby. En otras palabras, a veces no sabemos si creerle al narrador o no debido a las inclinaciones que tiene por el personaje.

Este foco particular que le pone Nick a la narración de acuerdo a su personalidad se manifiesta desde las primeras lineas de la novela. Empieza con un consejo de su padre que dice que no se debe criticar a los demás y lo interesante es que podríamos decir (después, cuando conocemos más a Nick y a los personajes) que no es precisamente por desconocimiento del otro que no debemos críticar, sino por el conocimiento de nosotros mismos, o mejor, del que cuenta, porque ya hay en él un par de ojos que le muestran al lector los acontecimientos de manera particular. Inconciente o no, Nick parece advertirnos sobre estas cuestiones en las primeras lineas antes de conocer a través de sus ojos a Daisy Buchanan y a su agresivo esposo, Tom Buchanan. También a

Jordan Baker por quien posee una fijación especial. Mientras que los Buchanan viven en East Egg, un pueblo muy de moda en Long Island, Nueva York, en la década de 1920 (época de la prohibición del consumo y la venta de alcohol en Estados Unidos), Nick vive en West Egg, que es un lugar menos glamuroso pero aún así elegante, al otro lado de la bahía de East Egg. Con la geografía polarizada al menos ya sugerida, el misterioso Jay Gatsby pronto hace su aparición. Se trata de un hombre rico que tiene una mansión enorme junto a casa de Nick y que pasa mucho tiempo durante las tardes mirando una luz verde al otro lado de la bahía desde su jardín.

Gatsby hace fiestas en West Egg casi todos los sábados a las que todo el mundo puede ir y emborracharse. Estas fiestas y los excesos, sumados al jazz como banda sonora, despiertan la curiosidad de los asistentes sobre la fortuna de Gatsby, que en los primeros capítulos es un misterio incluso para el lector. Los negocios de Gatsby parecen sospechosos, y su supuesta educación en Oxford y su posición extraña entre las élites de la sociedad despiertan todavía más dudas. Sin embargo, al principio esto no parece ser tan importante, pero las fiestas de Gatsby cumplen dos funciones contradictorias como muchos otros acontecimientos y sobretodo opiniones que tiene Nick sobre el personaje. Las fiestas de Gatsby opacan y al mismo tiempo sucitan dudas sobre su vida y su pasado.

Hablando de su pasado, Gatsby le revela a Nick, a través de Jordan, que él y Daisy tuvieron un amorio antes de que él fuera a la guerra y que ella se casará con Tom. Y aqui se manifiesta el gran objetivo de Gatsby que tiene contenido todos los demás propositos, ideas y conceptos. El sueño americano que representado a través de la busqueda y reconquista de Dasy queda metaforizada de manera simple y concreta con la luz verde en el faro que gatsby no deja de ver. En esta concretización de lo complejo (encapsular muchas ideas en una sola idea) recide gran parte del estilo de Fitzgerald, al menos en *El gran Gatsby*.

Caída

Nick ayuda a Gatsby para que se encuentre con Daisy comienzen otro amorío. Todo parece marchar bien y Gatsby poco a poco va logrando conquistar a Daisy y todo lo que esto representa. Hasta que conoce a Tom y este empieza a investigar sobre su vida hasta revelar su verdadero pasado, que viene de una familia pobre y su fortuna se la debe a las enseñanzas de Dan Cody, un viejo y rico que le enseñó todo lo que debía saber acerca del contrabando para hacerlo un negocio absurdamente rentable. Entonces empiezan los problemas para Gatsby al mismo tirempo que se va revelando la verdadera cara, o al menos la cara que Nick y Fitzgerald nos quieren mostrar del sueño americano. Una cara cruda, austera y superficial en todo caso:

> «Algunas veces ella y la señorita Baker hablaban al tiempo, con disimulo y con una frivolidad burletera —que no podía llamarse charla—, tan fría como sus vestidos blancos y sus ojos impersonales, vacíos de todo deseo» (Fitzgerald 2011, 7).

La escena más importante tiene lugar en Nueva York. Tom

y Gatsby discuten sobre quién puede estar con Daisy. Se revela que Gatsby es un contrabandista y que Daisy no puede dejar a su esposo, lo que se traduce también en un abismo insalvable de clases. Sin embargo, el giro más importante de la novela está apenas por ocurrir. Mientras Daisy conduce con Gatsby a Long Island atropella a la amante de Tom, Myrtle. Entonces se revelan también los abismos entre las pesonalidades. Gatsby, el enmascarado y embustero le dice a Nick que Daisy era la que conducía, pero que él asumirá la culpa. Mientras tanto, Tom condena a Gatsby, diciéndole a George Wilson dónde puede encontrar al hombre que mató a su esposa. George Wilson le pega un tiro a Gatsby antes de suicidarse.

La muerte de Gatsby no resulta tan desalentadora. Al final, ¿de qué otra manera podría terminar un sueño que está destinado a fracasar, como pareece sugerir Fitzgerald con recursos como la disposición geografica, por ejemplo? East Egg y West Egg, delimitados y definidos desde el principio parecen ser dos regiones que están condenadas a encontrarse y a chocar constantemente. Es la reacción de Daisy y Tom la que nos deja un poco sorprendidos al final, la frialdad con la que resuelven las cosas. Ellos simplemente se marchan y terminan su relación. Nick, quien está harto de todo en este punto, termina su relación con Jordan, quien se encarga de manejar los asuntos de Gatsby para su funeral, al cual no fue nadie, menos Daisy, en contraste con las concurridas fiestas que se celebraban en su casa. Nadie, salvo un huésped peculiar. Nick conoce al padre de Gatsby, y cumple el deseo de Gatsby cuando era niño. En el jardín de Gatsby, mirando la luz verde —que está enfrente de la casa de Daisy al otro lado de la bahía— Nick concluye que nuestra nostalgia, nuestro deseo de replicar el pasado, es lo que nos hace volver a él constantemente.

ESTUDIO DE LOS PERSONAJES

NICHOLAS «NICK» CARRAWAY

Es el narrador de la novela. Veterano de la Primera Guerra Mundial, graduado de la Universidad de Yale y originario del medio oeste. Tiene 29 años y cumple 30 más adelante en la novela. Al comienzo de la historia, es un nuevo residente de West Egg; se muda a una pequeña casa a lado de una mansión propiedad de Jay Gatsby. Ocasionalmente sarcástico, optimista, reservado y tolerante. Por estas características resulta tan buen confidente para aquellos que guardan secretos o que necesitan desahogarlos. Asimismo, Nick facilita el romance entre Gatsby y Daisy, y, en general, toda la narración se encuentra mediada por sus pensamientos y percepciones.

JAY GATSBY

El personaje está basado en el traficante de ron y ex oficial de la Primera Guerra Mundial, Cedric Max Gerlach. Es un joven millonario originario de Dakota del Norte que vive en una mansión gótica en West Egg, famoso por las increíbles fiestas que organiza todos los sábados en la noche. Sin embargo, nadie sabe de dónde vienen ni él ni su fortuna. Misterioso, metido en negocios de contrabando de ron durante La Prohibición. Está obsesionado con Daisy Buchanan, a quien conoció mientras era oficial durante la Primera Guerra Mundial. Estudió por un período muy breve en el Trinity College de Oxford, después de haber servido en la guerra. Todo esto va siendo revelado de manera progresiva a medida que Nick va conociendo a Gatsby, a quien ve como un hombre deshonesto y vulgar, sin principios cuando se trata de hacer fortuna. A pesar de esto, Nick considera que Gatsby posee una gran capacidad para transformar sus sueños y hacerlos realidad. Es allí donde reside su grandeza.

DAISY BUCHANAN (NACIDA COMO DAISY FAY)

Parcialmente basada en la esposa de Fitzgerald, Zelda. Es una joven atractiva, insegura de sus decisiones, aunque está interesada en tener algo con Gatsby, con quien ya tuvo un romance justo antes de que Gatsby se marchara para la guerra. Daisy promete esperar a Gatsby, pero en 1919 termina casándose con Tom. Es prima segunda de Nick y, como ya se dijo, esposa de Tom Buchanan, un joven de una familia aristocrática que puede asegurarle un estilo de vida más que cómodo económica y socialmente. Su elección entre Jay y Tom Buchanan es uno de los temas centrales de la novela. A partir de 1919, Gatsby enfoca todos sus esfuerzos en recuperar el amor de Daisy, convirtiéndola en el único objetivo de sus sueños y en este sentido, la razón por la que se embarca en la tarea de crear una fortuna a partir de la actividad criminal. Para Gatsby, Daisy es un ideal de perfección por su gracia, sofisticación y posición social, elementos que ha deseado desde que la vio por primera vez en Dakota del Norte.

Desde la perspectiva de Nick y como se mencionaba al principio de la descripción, si bien Daisy encaja en el perfil que Gatsby ha hecho de ella, también es caprichosa, aburrida y superficial: «...me alegro de que sea niña. Pero confío en que sea tonta…, lo mejor que le puede pasar a una niña en este mundo es ser una hermosa tontita» (Fitzgerald 2011, 9). Nick la describe como una persona a la que no le importa nada realmente y que resuelve cualquier tipo de conflicto jugando la carta del dinero y esto queda comprobado en el momento en el que elige a Tom por encima de Gatsby. Nick no pierde la oportunidad de hacer notar este aspecto superficial de Daisy:

> «Algunas veces ella y la señorita Baker hablaban al tiempo, con disimulo y con una frivolidad burletera -que no podía llamarse charla-, tan fría como sus vestidos blancos y sus ojos impersonales, vacíos de todo deseo» (Fitzgerald 2011, 7).

TOM BUCHANAN

Es el esposo de Daisy, un hombre arrogante y con mucho dinero, proveniente de una antigua familia aristócrata. A los ojos de Nick, es un tipo racista y sexista que tiene un amorío con Myrtle, pero no soporta pensar en que su esposa Daisy lo esté engañando con Gatsby, hasta el punto en que planea una confrontación. Tom es una persona que no soporta el fracaso, ni que las cosas no resulten a su modo y pareciera que incluso, al final, las cosas resultan a su favor, pues Daisy sigue eligiendo el dinero y las ventajas de su clase, aún después de que Gatsby le regalara un segundo pase de vida entregando la suya.

JORDAN BAKER

Es amiga de Daisy y se va involucrando con Nick a lo largo de la novela. Podría decirse que es una chica muy competitiva y egocéntrica y representa a las mujeres modernas de los años veinte, que más que pretender tener derechos igualitarios como mujeres, buscaban ser como los hombres. Es decir, su búsqueda no era en cuanto a la independencia del género, sino que querían acceder a los privilegios de una sociedad machista. Hermosa y deshonesta, siempre manipula la verdad a su conveniencia.

MYRTLE WILSON

Amante de Tom. Su esposo es dueño de un taller en el Valle de las Cenizas. Posee una vitalidad salvaje y desesperada por mejorar su situación social. Sin embargo, Tom la trata como un objeto.

GEORGE WILSON

El siempre cansado de la vida tiene un taller y ama a Myrtle, por eso queda devastado cuando se entera de su romance con Tom. Termina de hundirse en el fango cuando Myrtle es asesinada. Se parece mucho a Gatsby y a Fitzgerald en la medida en que los tres apuestan y pierden todo por sus respectivos amores.

MEYER WOLFSHEIM

Amigo de Gatsby y una figura muy importante dentro del crimen organizado. Fue quien ayudó a Gatsby a hacer toda su fortuna durante La Prohibición. El contacto recurrente que mantiene con Gatsby sugiere que éste aún está involucrado en negocios ilegales.

CONSIDERACIONES FORMALES

ESTRUCTURA

El gran Gatsby es una novela corta dividida en nueve capítulos con estructura similar en la que se cuenta el ascenso y caída del contrabandista Jay Gatsby. Es una metáfora de la desintegración del sueño americano en los años veinte. La novela transcurre en medio de dos regiones claramente establecidas desde el principio: West Egg y East Egg. La naturaleza de cada una de estas regiones se enfrentará de principio a fin.

El mayor conflicto de la obra tiene que ver con la gran fortuna que ha hecho Gatsby desde la ilegalidad para recuperar el amor de Daisy en vano, porque de todas formas el pasado misterioso de Gatsby se impone y Daisy termina mudándose dos veces (primero se casa y luego se escapa) con Tom, un aristócrata envidiable. El clímax de estas discusiones podría encontrarse en los capítulos 5 y 6 en los que tiene lugar una reunión decisiva entre Gatsby y Daisy, y el capítulo 7, en el que Gatsby se enfrenta a Tom en el Hotel Plaza. De esta manera, Fitzgerald plantea una visión un tanto cruda de las principales preocupaciones de la sociedad de los años veinte en Estados Unidos, una época de inmenso e incontrolable auge de bienestar, superficialidad y excesos.

El Jazz juega un papel muy importante en la novela en tanto que no solo ambienta la Nueva York de los 20, sino que funciona también como metáfora de la vida ociosa y llena excesos superficiales de la clase aristocrática. El estilo de Nueva York, de la mano del auge de las Big Bands marcó las corrientes posteriores del género, que tiempo después desembocaría en el Swing. Este estilo es mucho más estilizado, menos local y más universal, pero también más extravagante. Estos adjetivos del Jazz de la época encajan perfectamente con personajes como Daisy (al menos con gran parte de lo que ella representa). Si bien no podría decirse que Daisy es extravagante, sí es un adjetivo que está muy ligado a su personalidad en tanto que siempre, a lo largo de la novela y al momento de tomar decisiones importantes, termina poniendo el dinero, el placer y el poder por encima de cualquier otra cosa, sin importar las repercusiones que esto tenga en los demás (Gatsby termina muerto por cubrirle la espalda y ella ni siquiera asiste a su funeral, sino que simplemente se muda a otro lugar menos escabroso, como si nada hubiera pasado).

ESTILO Y LENGUAJE

Es claro que Gatsby es un contrabandista que hará todo lo que esté a su alcance para conseguir a Daisy (una especie de representación del sueño americano). No obstante, y sin decir que estas son características necesariamente opuestas, el personaje está cubierto por una aureola romántica, aureola que también se puede percibir desde la escritura, pues su prosa es a la vez realista y directa, pero con ciertas sutilezas elegantes en términos de construcción. En otras palabras, como afirma Ronald Berman, a pesar del profundo análisis que hace Fitzgerald de la sociedad de los años veinte y de los complejos cuestionamientos que hay detrás de dicho análisis, la prosa en general nunca llega a ser abrumadora ni tampoco pretende validarse mediante razonamientos metodológicos (Berman 1996, 192). Todo lo contrario, de principio a fin es refrescante. Parte de la genialidad del estilo de Fitzgerald en *El gran Gatsby* tiene que ver precisamente con la capacidad de manifestar reflexiones tan complejas a través de metáforas precisas, pero no por ello facilistas o poco complejas. Esto es evidente desde la voz del narrador: la narración de Nick es siempre ambivalente y hasta contradictoria. En ocasiones parece reprochar las acciones de Gatsby, sus excesos y su falta de moral. Al mismo tiempo, existen varios pasajes en la novela en la que nos deja ver la no poca admiración que siente por el contrabandista. En estos pasajes lo describe con un tono mucho más nostálgico y elegante.

Fitzgerald cultivó también la narración breve, y algunos de sus cuentos son considerados antológicos dentro de la literatura en lengua inglesa: ciertos relatos pueden ser clasificados en el género del horror, a lo Edgar Allan Poe, y en otros descarga su sarcástica eficacia contra la clase alta.

TEMÁTICAS Y CLAVES DE LECTURA

EL DESPERTAR DEL SUEÑO AMERICANO

El gran Gatsby es una profunda reflexión sobre los años veinte en Estados Unidos. Uno de los aspectos más interesantes de la novela es la capacidad de ilustrar y sintetizar la desintegración del sueño americano a partir metáforas precisas. El afán y la búsqueda constante de Gatsby por conquistar a Daisy revela la era de excesos y la absurda prosperidad en la que se encuentran inmersos personajes que por un lado, se jubilan temprano y se entregan a la decadencia de las fiestas de jazz. Por otro lado, existe un afán insaciable de los personajes en su búsqueda de poder, dinero y un vacío placer inmediato. La desintegración del sueño americano es un leit motiv que Fitzgerald ilustra desde dos perspectivas aparentemente distintas. Esta está presente a lo largo de toda la obra y se manifiesta a partir de East Egg, la aristocracia establecida y West Egg, «los nuevos ricos», vulgares, ruidosos y codiciosos, entre los que se encuentra Gatsby. Aunque, como veremos, que la aristocracia tampoco es una clase deseable, sino simpática, cruda y vacía. Por el contrario, las principales características de Gatsby son la lealtad y buen corazón cuando se trata de proteger a los suyos (aunque no lo sean, al menos en términos de clase). Por eso, espera paciente hasta las cuatro de la mañana frente a la casa de Daisy para asegurarse de que Tom no la lastime (capítulo 7). La complejidad de los personajes de Fitzgerald reside en este punto, porque además, irónicamente, son la lealtad y el buen corazón de Gatsby las características que lo llevan a su muerte, tras declararse culpable por el asesinato de Myrtle, en lugar de dejarle la responsabilidad a Daisy (en todo caso, él estaba mejor preparado para ser castigado que ella). Siempre parece que una clase tiene algo que le falta a la otra en la geografía en la que se dividen los personajes de *El gran Gatsby*. Lo que resulta más fascinante aún es darse cuenta de que a pesar de esto no se logran complementar, sino que se destruyen. Todo esto para decir que el jazz cumple una doble función en la novela: ambienta y metaforiza.

GEOGRAFÍA

La geografía de la novela está dividida en dos regiones que personifican diferentes aspectos de la sociedad norteamericana de los años veinte. Cada una posee su ciudad del pecado y la salvación respectivamente. Nueva York (West Egg) es una ciudad sin ninguna moral, desinhibida, cínica, siempre en busca de placer y dinero a toda costa y sin importar los medios. Por otro lado, existen más hacia el norte, lugares como Minnesota en los que predominan los valores tradicionales y el desprecio por cada nuevo rico que emprende su carrera en búsqueda de dinero y poder fácil. Al mismo tiempo, la región de West Egg no termina de aceptar el estilo aparentemente rígido, pero superficial en el que viven las familias más tradicionales de East Egg (Fitzgerald 2011, cap. 9).

CLIMA

El clima personifica, o al menos complementa, el tono emocional y narrativo de la novela. Este recurso le deja casi siempre al lector una sensación de sincronía, de plenitud, tal vez de perfección en tanto que pareciera (y lo es) que todo en el mundo estuviera conspirando para que los eventos transcurrieran de esa manera y no de otra. Más que un simple acompañamiento, el clima y los eventos naturales funcionan en la novela como epifanías que le revelan algo más que al personaje, al lector. Wilson asesina a Gatsby el primer día de otoño, mientras éste nadaba en la piscina, a pesar de sentir una fuerte brisa, una señal simbólica que le recuerda al lector la necesidad de Gatsby de reconstruir la relación que tenía con Daisy un par de años atrás.

SÍMBOLOS

En *El gran Gatsby* existen objetos, colores y figuras que pueden ser leídos como representaciones de ideas y conceptos recurrentes a lo largo de la obra. Aunque estas lecturas nunca son absolutas, entenderlas de esta manera le brindan al lector una idea más clara y compleja a la vez de la representación de los años veinte que propone Fitzgerald.

La luz verde situada en el muelle de Daisy en East Egg es un primer ejemplo de lo anterior. Desde el primer capítulo, Gatsby utiliza esta luz en medio de la oscuridad como una guía para llegar a su destino. En este sentido, la luz podría simbolizar dos cosas al mismo tiempo. La primera, en un ámbito literal, tiene que ver con la búsqueda de Gatsby por conquistar a Daisy. La segunda, como la bandera en la que se visualiza esa conquista y por asociación representa también la conquista del sueño americano en general (Fitzgerald 2011, cap. 9).

El valle de cenizas situado entre East Egg y Nueva York

podría leerse como la decadencia como resultado del ocio, el jazz y, como se mencionó anteriormente, la búsqueda desmesurada de placer y bienestar. Al mismo tiempo puede representar el gran contraste entre esa vida de excesos y las necesidades de los pobres, reflejada en George Wilson, quien vive en medio de las cenizas y tiene que renunciar a su vitalidad por ello.

Allí mismo están los ojos del doctor T.J. Eckleburg, unos ojos borrosos con gafas pintados sobre una valla publicitaria alrededor. Si bien podría hacerse una primera interpretación de estos ojos como una metáfora de Dios, Fitzgerald parece sugerir que los objetos y símbolos que aparecen en la obra solo cobran sentido cuando los personajes les dan significado. Es decir que la conexión entre Dios y los ojos pintados en la valla existe solo en la mente de George Wilson. Sin personajes tan intrincados que estén constantemente metaforizando todo, estos símbolos no significan nada, lo cual es muy valioso, ya que, de otra manera, parecerían simples trucos de magia o efectistas que por un momento llaman la atención, pero que carecen de importancia en realidad. Al mismo tiempo, el gesto de dar poder a los personajes para otorgar significado a los objetos puede entenderse como un guiño al lector y al papel fundamental que juega en tanto que completa y redefine constantemente el sentido de la obra. En el capítulo ocho, Nick explora un poco lo anterior al imaginarse los últimos pensamientos de Gatsby antes de morir como un cúmulo de imágenes y símbolos vacíos.

PISTAS PARA LA REFLEXIÓN

ALGUNAS PREGUNTAS PARA PROFUNDIZAR EN SU REFLEXIÓN...

- Según la perspectiva de Nick, ¿qué es lo que hace tan grande a Gatsby?
- ¿Cómo es Nick como narrador? ¿Su versión de los hechos en algún momento parece sospechosa?
- ¿Qué nos dice la novela acerca del papel que juegan los símbolos en la vida?
- ¿Cuál es la relación entre las ideas de sueños, bienestar y tiempo con la idea de Norteamérica y del sueño americano que plantea la obra?
- ¿De qué manera la geografía de la novela se relaciona con las características y valores de los personajes?
- Haga un análisis comparativo entre Gatsby y Tom. ¿En qué se parecen y en qué se diferencian?
- ¿Cómo se percibe y cuál es el rol que desempeña la mujer en la obra?
- ¿Qué lectura puede realizar del funeral de Gatsby con respecto a la gente? ¿Por qué cree usted que tanta gente iba a sus fiestas pero nadie asistió a su funeral?

PARA IR MÁS ALLÁ

EDICIÓN DE REFERENCIA

- Fitzgerald, F. Scott. 2011. *El gran Gatsby.* Traducido por Justo Navarro. Barcelona: Anagrama.

ESTUDIOS DE REFERENCIA

- Barbarese, J. T. 1992. "'The Great Gatsby' and the American Dream". *The Sewanee Review*, vol. 100, n.º 4, CXXI-CXXIV.
- Berman, Ronald. 1996. "'The Great Gatsby' and Modern Times". Zoltán Simon en *Hungarian Journal of English and American Studies*, vol. 2, 192-195.
- Bryer, Jackson, R., Nancy P. VanArsdale. 2009. "Approaches to Teaching Fitzgerald's The Great Gatsby". Ann Ciasullo en *Rocky Mountain Review*, vol. 64, 101-104.
- Ellis, James. 1972. "The 'Stoddard Lectures' in The Great Gatsby". *American Literature*, vol. 44, n.º 3, 470-471.
- Meehan, Adam. 2014. "Repetition, Race, and Desire in The Great Gatsby". *Journal of Modern Literature*, vol. 37, n.º 2, 76-91.
- Ruggieri, Colleen A. "Strategies for Success with Gatsby", análisis de The Great Gatsby *in the Classroom: Searching for the American Dream* de David Dowling. *The English Journal*, vol. 97, 109-111.
- Tredell, Nicholas. "'The Great Gatsby': A Reader's Guide. análisis de Collen A. Ruggieri. *The English Journal*, vol. 97, n.º 3, 112-113.

LECTURAS RECOMENDADAS

- Bloom, Harold, ed. 2003. *F. Scott Fitgerald's*. Nueva York: Chelsea House Publishers.
- Bruccoli, Andrew J., ed. 1985. *New Essays on The Great Gatsby*. Nueva York: Cambridge University Press.
- Lehan, Richard D.F. 1966. *Scott Fitzgerald and the Craft of Fiction*. Carbondale, IL: Southern Illinois University Press.
- Turnbull, Andrew. 1962. *Scott Fitzgerald*. Nueva York: Charles Scribner's Sons.

www.resumenexpress.com

ISBN ebook: 9782806272300

ISBN papel: 9782806272317

Depósito legal: D/2015/12603/549

Cubierta: © Primento

Libro realizado por Primento*, el socio digital de los editores*